3

U0107898

8

9

10

11

12

13

14

丛琳 著

卡通动漫30日速成 第二版

17

18

19

20

24

25

化学工业出版社

·北京·

本书通过"分解记忆法"，将卡通的画法分成30天来学习。在每一天中，除了用大量的图例来讲解当天所学的内容外，还要求读者进行相应的实战练习，以达到每天都有收获、一个月内使卡通绘画达到一定水平的目的。

本书是作者多年从事培训讲学的实践总结，讲解系统、明了，图例丰富、精美，为初学卡通的读者提供了一种快速有效的学习捷径。

图书在版编目(CIP)数据

卡通动漫30日速成/丛琳著. —2版 —北京: 化学
工业出版社, 2010.10
　ISBN 978-7-122-09439-1

　Ⅰ.卡⋯　Ⅱ.丛⋯　Ⅲ.动画 – 技法（美术）
Ⅳ.J218.7

中国版本图书馆CIP数据核字（2010）第172032号

责任编辑：丁尚林　　　　　　　　装帧设计：丛琳
责任校对：郑　捷

出版发行：化学工业出版社（北京市东城区青年湖南街13号　邮政编码100011）
印　　装：北京画中画印刷有限公司
880mm×1230mm 1/16　印张 9$\frac{1}{4}$　2011年1月北京第2版第1次印刷

购书咨询：010-64518888（传真：010-64519686）　售后服务：010-64518899
网　　址：http://www.cip.com.cn
凡购买本书，如有缺损质量问题，本社销售中心负责调换。

定　　价：29.00元
版权所有 违者必究

前 言

"动漫"一词来自国内一些从事卡通漫画的艺术人士。其准确定义是"动画和漫画产业"，涉及的领域有：传统绘画艺术、雕塑艺术、手工动画、泥塑动画、影视制作、音效制作、广告策划、科学仿真、计算机模拟、计算机图形学、计算机游戏、科幻小说、神话小说、报刊连环画、动画短片、动漫教材、影视发行、音乐发行、玩具设计、礼品发行等。

《卡通动漫30速成》系列图书自上市以来，以她独有的简洁、细致、实战、概括、阶段性、统一性等特点展现了学习卡通动漫的轻松与明快。这套图书涵盖了美少女、美少男、动物、特效、场景等几大方向，通过实例讲解技法、知识点汇总、每日案例实战这三大步骤，进行卡通动漫绘画技法的剖析与分解。书中案例经典，知识点突出，每日实战更是直接深入生活，将现实与动漫的世界进行衔接、转换。因此，在动漫领域教材不断涌现的市场，这套图书以自身的特点和优势而经久畅销，同时也被我国台湾引进版权，在不同地域开始了这套图书自身的漫游。

为了更好地服务读者，我们编写了第二版，在全套系列图书中，我们重新绘制了大部分案例，以更清晰明了的绘画让读者阅读临摹，同时删除了一些不够精美的案例；在实战部分我们进一步选择最新、最时尚的画面，以便读者感觉全套图书与时代、生活的紧密连接。第二版的绘画方法也有别于第一版，比如：女孩的眼睛，不仅仅有过去日式的画法，更添加了韩式及欧美的风格。同时，在本系列图书中还计划增添一些新的分册：《Q版形象》、《服装》、《古典人物》、《游戏精灵》、《四格漫画》等。

《卡通动漫30速成》第二版会继续成为中国动漫爱好者学习的助手、朋友，我们所做的一切只为了给读者以最强有力的参考与帮助。希望读者每日学习一点点，日积月累达到质的改变。

衷心感谢为了出版这套图书，为了不断丰富图书的内容、绘画技法，不断努力的团队成员，感谢虫虫动漫工作室的全体画师：王静、赵晨、丛亚明、庄如玥、李娟、董红佳、刘倩、李文惠、张东云、李鑫、王静、翟东辉、胡培瑜。

卡通动漫 30 速成

目录

1

3

5

6

卡通30
动漫速成

第一天
卡通人物的脸形

拿起任意一只笔，如果你害怕画错，就拿起上学时用的铅笔即可。无论画得好坏都不重要，关键是你有勇气开始了……

什么是卡通？

卡通，是英文"cartoon"的译音，最初指漫画。因动画片的形家轮廓简洁、线条洗练，常运用漫画的造型手法、表现技巧与构思，像是连续活动的漫画，故又被称为"卡通"。人们一提起"卡通"就把它与动画片连在一起。

卡通片与卡通画

如果说"卡通"是动画片，"卡通画"则是借鉴动画片的内容、表现手法、构成形式而绘制的连环画。卡通画中的造型常常做夸张、变形处理，构图多借用卡通片的镜头语言，还可附加文字和特殊的表现符号来说明所描绘的内容。

要画好卡通画：收集和临摹优秀卡通人物和动物的形象和动态，可以提高捕捉对象特征的能力；观察生活和观看艺术作品，可以培养想像力；多看、多研究卡通作品，可以提高鉴赏水平和创作能力。

不论是卡通片还是卡通画，对于初学者来说，工具的要求很简单，只要准备几支铅笔（最好是较软的铅笔，如B、2B），几支彩笔（用来打底稿），一块橡皮，一把尺子，一张桌子就可以了。

➡ 卡通的头部

画卡通
人物的头部时，我们往往把它概括成一个圆球形或蛋形。要记住这是个立体的形，在这个立体的球上面，我们可以画垂直向或水平向的辅助线，然后加上五官。

1. 绘画步骤

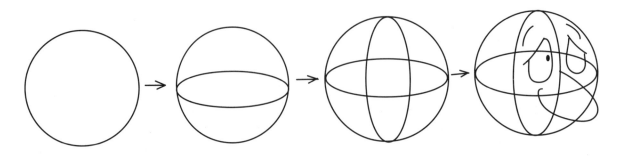

| 先画一个球体 | 画出水平向的辅助线 | 画出垂直向的辅助线 | 确定五官的位置 |

cartoon

2. 转动

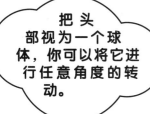

把头部视为一个球体，你可以将它进行任意角度的转动。

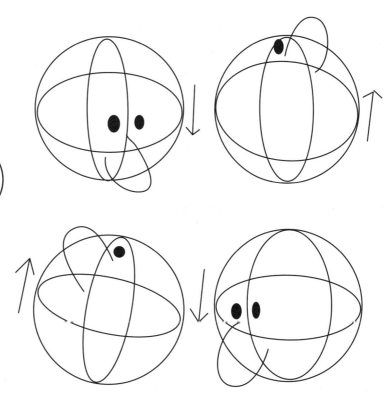

3. 变形

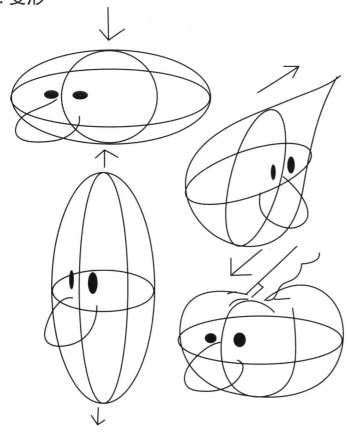

把这个球体想像成有弹性的，你可以将它任意拉长、压扁、扭曲。

有趣的头部造型

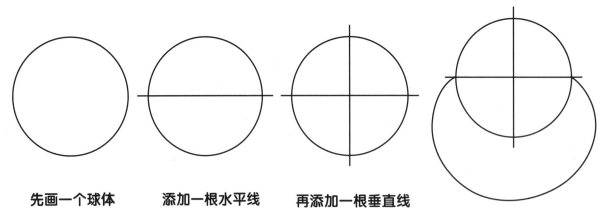

先画一个球体　　　添加一根水平线　　　再添加一根垂直线

在底部开始塑造各种脸形

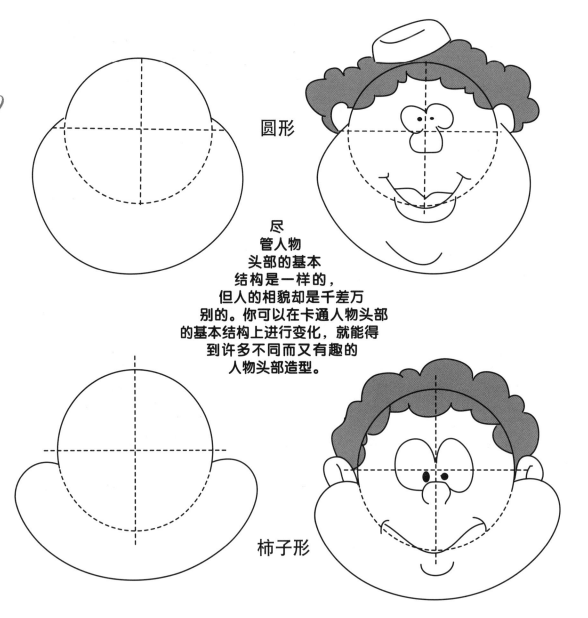

圆形

柿子形

尽管人物头部的基本结构是一样的，但人的相貌却是千差万别的。你可以在卡通人物头部的基本结构上进行变化，就能得到许多不同而又有趣的人物头部造型。

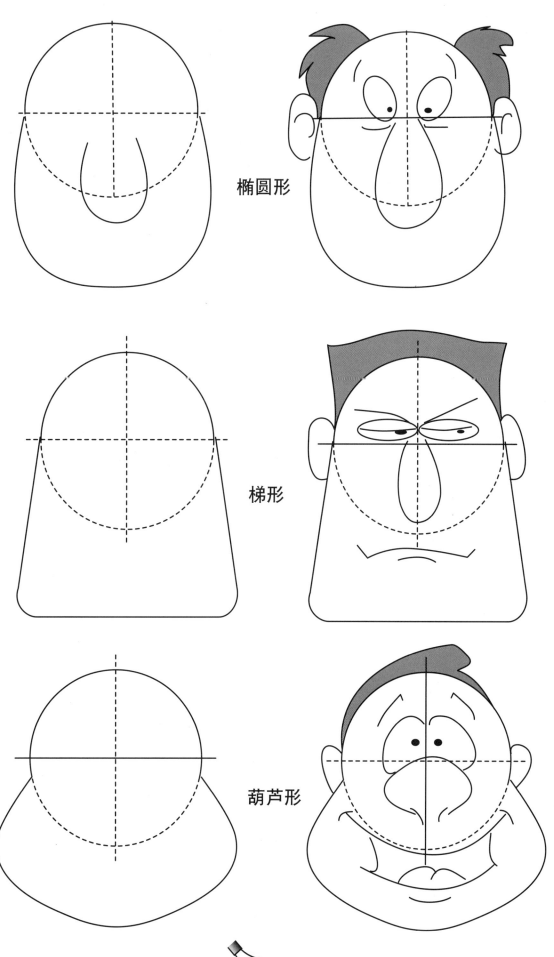

椭圆形

梯形

葫芦形

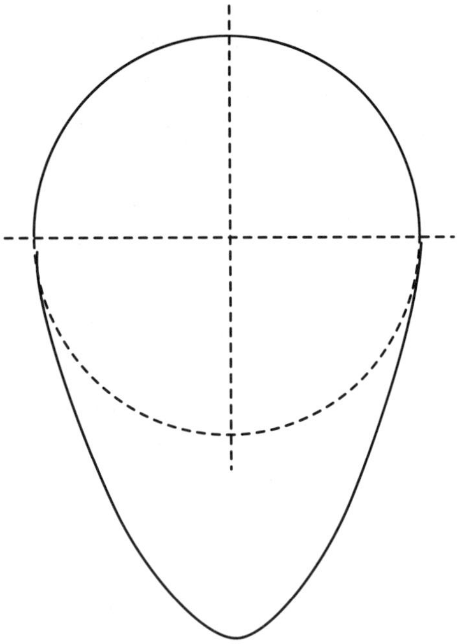

三角形

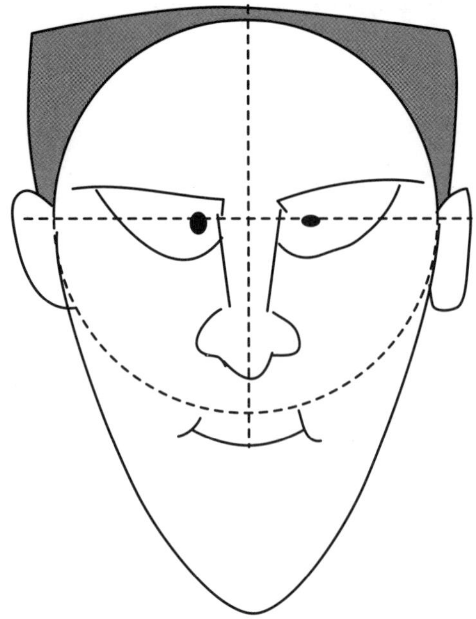

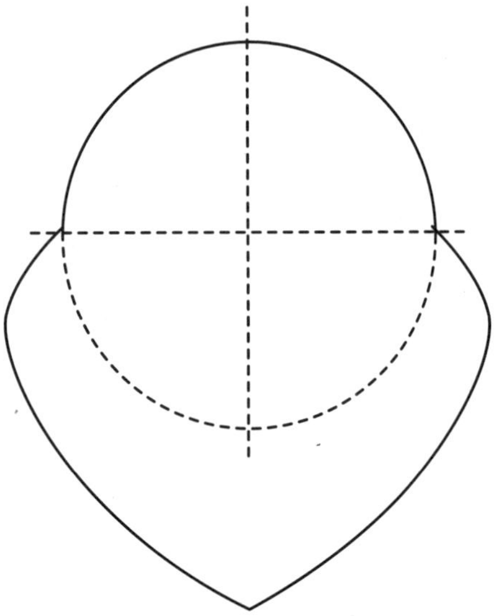

棱形

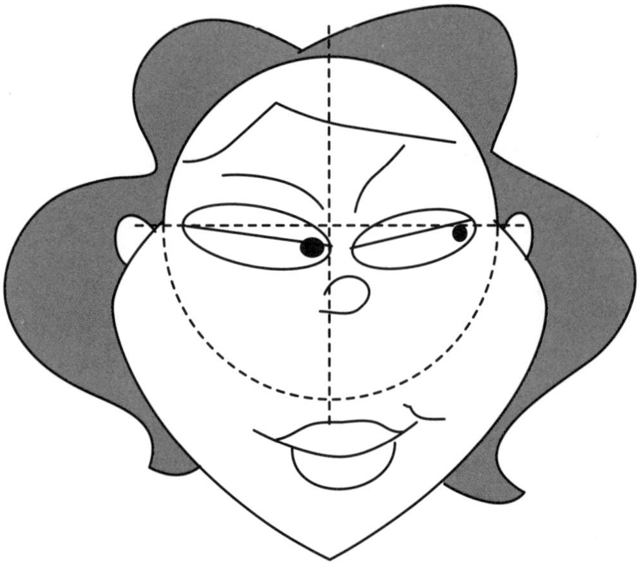

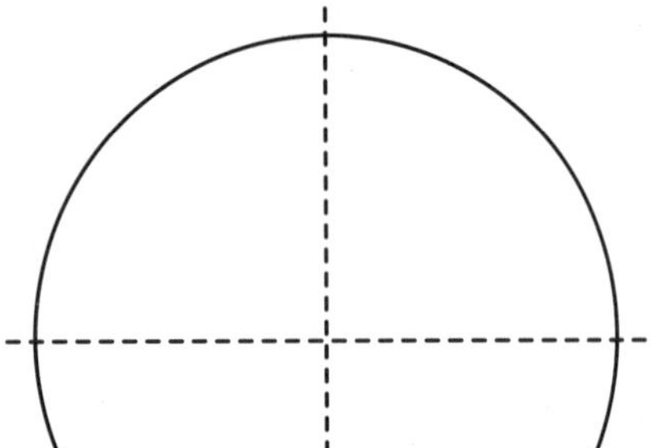

宫扇形

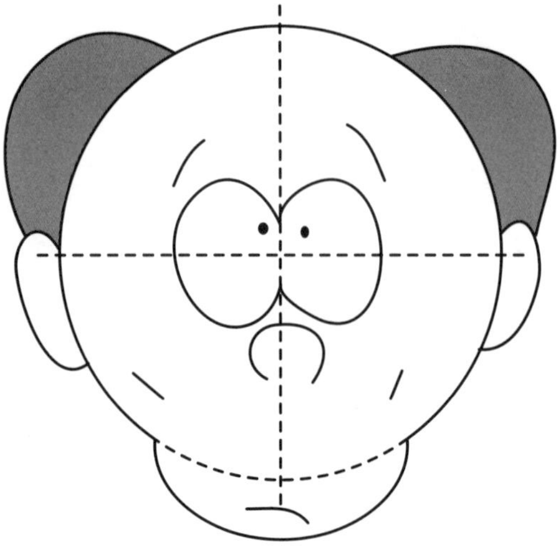

cartoon

第一天
卡通人物的脸形
实战

**第一天就有成果，
不信你试试.......**

根据图片将女孩的脸部轮廓勾画出来，并且转换为卡通形象。

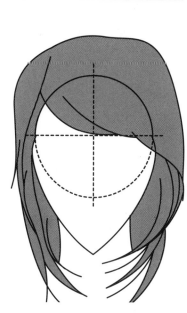

因为卡通不要求一定与原图很像，因此能在参考的基础上出现新的形象即可。现在是不是有了些成就感？今天切记将前面的八种脸形背下来！

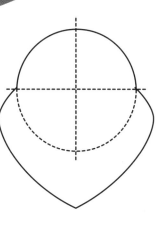

棱形

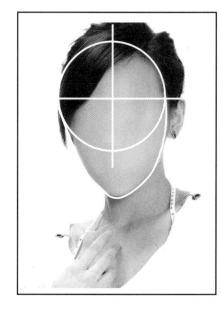

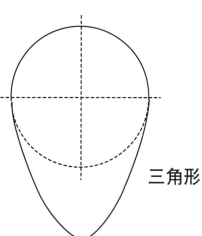

三角形

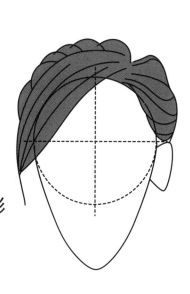

第二天
卡通人物的眼睛

一双楚楚动人的眼睛会将卡通人物表现得栩栩如生，"灰底、黑圈、反光白点"就是其中奥秘……

眼睛是心灵的窗户，卡通人物的眼睛对整个画面和人物的表情表现来说非常重要。你可以使用相同的方法画出不同风格的眼睛。试着去观察每种风格的区别，其实都是大同小异的。

➡ 有趣的卡通眼睛

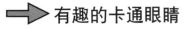

cartoon

可爱美少女的眼睛

通 常
漫画人物的眼睛会有
一些阴影。漫画中，女性的眼睛
具有明显的阴影和光泽。确立你
画中选择的光源，并且在整个画
面中都是保持不变的。

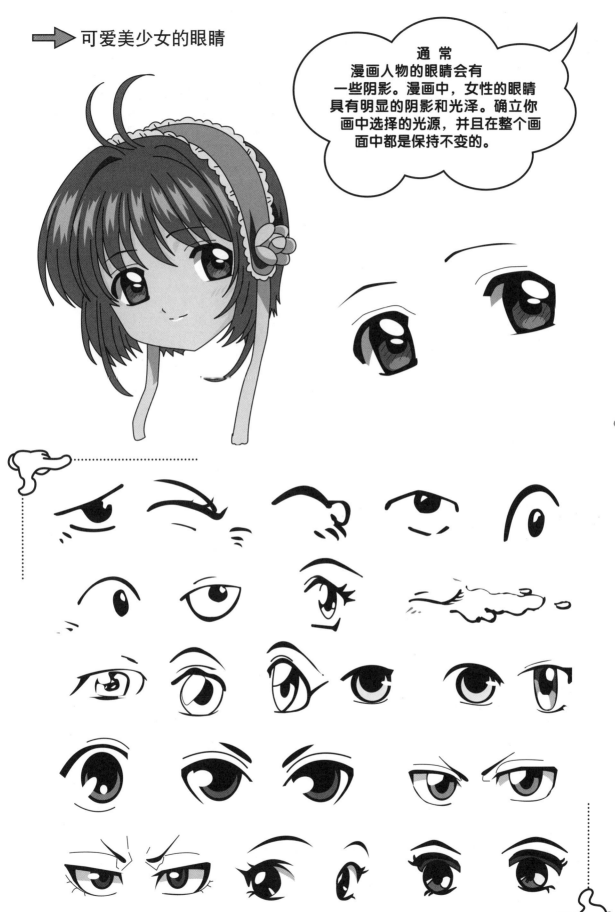

卡通动漫 *30* 日速成

cartoon

91|142

➡ 帅气美少男的眼睛

大多数男性的眼睛比女性的眼睛要瘦些、窄些，当然有时也有例外。纤细、狭长类的眼睛常常和那些比较黑暗、深沉的人物联系在一起。男性人物的双眼同样是光彩熠熠的，不过一般高光的区域没那么大与明显而已。

卡通动漫30日速成

cartoon

欧式眼睛

欧式眼
睛比日式眼睛简
洁明了，常规情况下通过
圆圈加中间的点即可表现主体，并
伴随圆圈上面的横线——眼皮，圆圈
下面的横线——眼袋。

将眼睛放置于脸形中表现

卡通动漫*30*日速成

cartoon

11|142

第二天
卡通人物的眼睛
实战

一双美丽的大眼睛……

根据图片将女孩的眼睛勾画出来，并且转换为卡通形象。

熟记今天眼睛的各种表现形式，才能够在绘制具体的实物时，游刃有余地直接套用！

原图

根据原图勾勒线条

进行卡通形象的转变

漂亮吧！这世界没有难事！只怕有心人！爱她就用心地对她！

cartoon

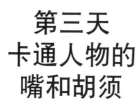

第三天
卡通人物的嘴和胡须

夸张的大嘴、很酷的胡须总能给人深刻的印象……

人物对话在卡通片与卡通画中是一个重要的内容。因此，掌握口型的画法是十分必要的。口型的变化多，有大嘴、小嘴、厚嘴、薄嘴等。口型的变化对人物表情有着非常大的影响。画口型时，常用夸张的处理手法。

男士嘴巴 ←

    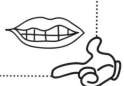

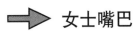 女士嘴巴

女人的
嘴很有特点，样子也多。依
附于上下颌骨及牙齿构成的半
圆柱体,形体呈圆弧状。嘴部在造型上
由上下口唇、口线、人中和颏唇沟构
成。

在卡通造型中，胡须的作用在一定范围内是非常奇特的。圣诞老人的胡须给人亲切自然的感觉，老头的几根山羊胡子让人感到传统和保守，乐师上翘的八字胡子给人活泼、俏皮的感觉。

第三天
卡通人物的
嘴及胡须
实战

很男人的味道……

根据图片将男士的嘴及胡须勾画出来，并且转换为卡通形象。

原图

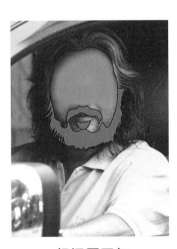

根据原图勾勒线条

进行卡通形象的转变

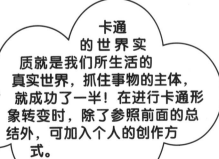

卡通的世界实质就是我们所生活的真实世界，抓住事物的主体，就成功了一半！在进行卡通形象转变时，除了参照前面的总结外，可加入个人的创作方式。

第四天
卡通人物的
鼻子和耳朵

欧洲人高大的鼻子，不被
人发现的耳朵，构成了一
个多彩的世界……

鼻子
在脸部的中心，造型
突出，引人注目，有长
鼻子、短鼻子、鹰钩鼻子、圆头鼻
子、小扁鼻子等。不同的鼻子造型对
人物面部结构有着很大的影响。

 ➡ 有趣的卡通鼻子

欧
式鼻子
则以真实人
物为基础进行勾
画，而日式卡通的鼻
子大多凝结成一个点，或者
是一个小对勾。欧洲人
的特质在于高高的鼻
子，而日本人则喜
欢大大的眼睛。

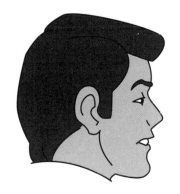

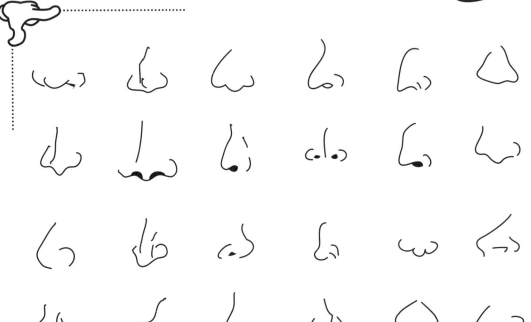

可爱的卡通耳朵

在卡通造型中，耳朵的作用没有其他五官那么大，变化也没有那么多，画耳朵的时候可以简化，但却是不可缺少的。

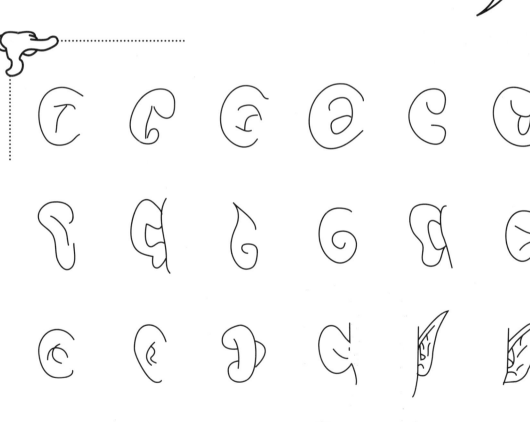

第四天
卡通人物的
鼻子及耳朵
实战

很帅的味道.......

根据图片将男士的鼻子及耳朵勾画出来，并且转换为卡通形象。

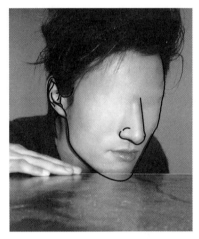
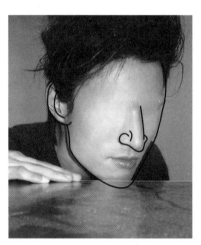

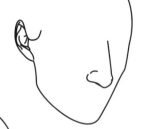
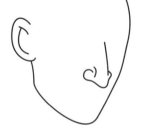

耳朵常常会被头发遮住，但多数时会犹抱琵琶半遮面，因此绘画时常常会相对比较简单。鼻子会根据具体形象有所变化，可简单、可真实！

第五天
卡通人物的头发

无论是长长的秀发，还是丝丝缕缕的爆炸式，都引领了这个时代的潮流……

卡通头发简单明了，仅仅几笔，就能形象地勾勒出人物的性格。画法灵活，容易掌握。

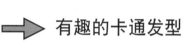 有趣的卡通发型

→ 头发的绘制技巧

整体轮廓

用线来表现层次

用色块区域表现
层次及明暗关系

日本动漫中的美
少女、美少男的头发
代表了一代年轻人的
追随。绘制的过程
中，先勾出整体轮
廓，然后通过线条或
者是色块来表现层
次，或者明暗关系！

整体轮廓

用线来表现层次

用色块区域表现
层次及明暗关系

cartoon

可爱的少女发型

女孩的发型式样很多，其实，在画头发的时候，最重要的是注意头发的层次感。有时可以在头发上画一点小的装饰物。

卡通动漫 *30* 日速成

每 一 股
头发可以是纤细而直长
的，也可以是粗而弯曲的。
注意：你可以把头发画得非常细
致，或非常简单，全在于你所绘头
发股数的多少了。

cartoon

第五天
卡通人物的
头发实战

美女就是这样出来的.......

根据图片将女孩子的
头发勾画出来，并且
转换为卡通形象。

找出
自己最得意的照片，
不妨大胆地画一下，有了第一
张肖像的动画版，这样就与创作
相差不远了，因此不用去羡慕那
些经典的卡通形象，在不久的将
来，也许你的形象会引
起世人的关注！

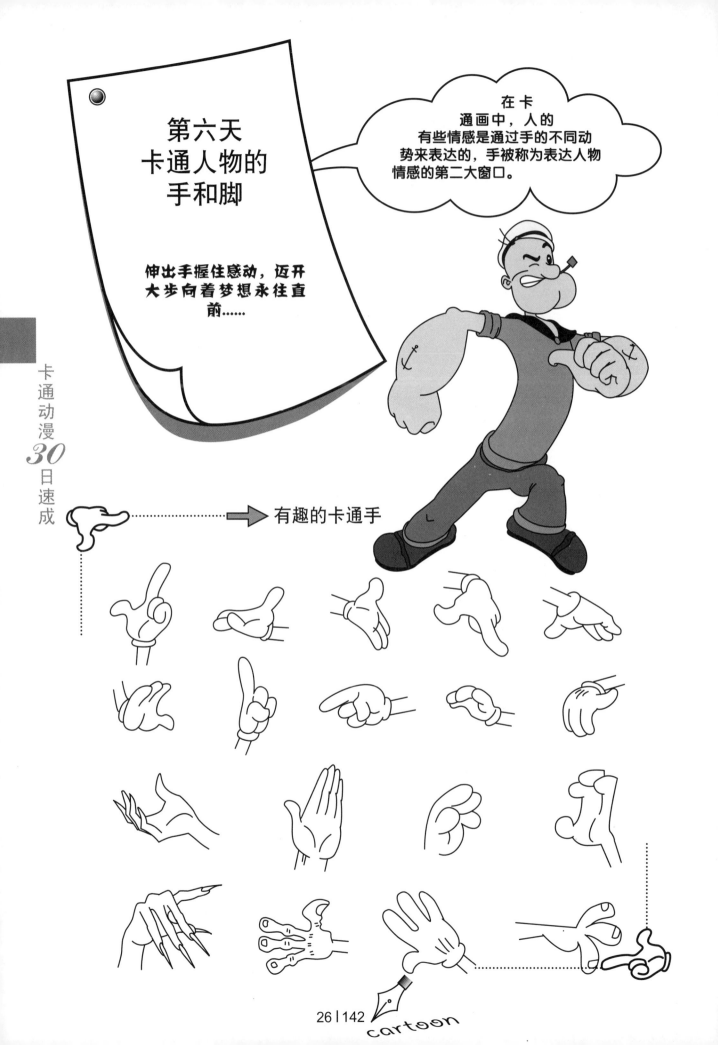

第六天
卡通人物的手和脚

伸出手握住感动，迈开大步向着梦想永往直前……

在卡通画中，人的有些情感是通过手的不同动势来表达的，手被称为表达人物情感的第二大窗口。

有趣的卡通手

cartoon

卡通动漫30日速成

这些日本动漫中手的形象，与真人是一样的，并没有加入任何夸张的成分，真实地反映了手的自然形态。

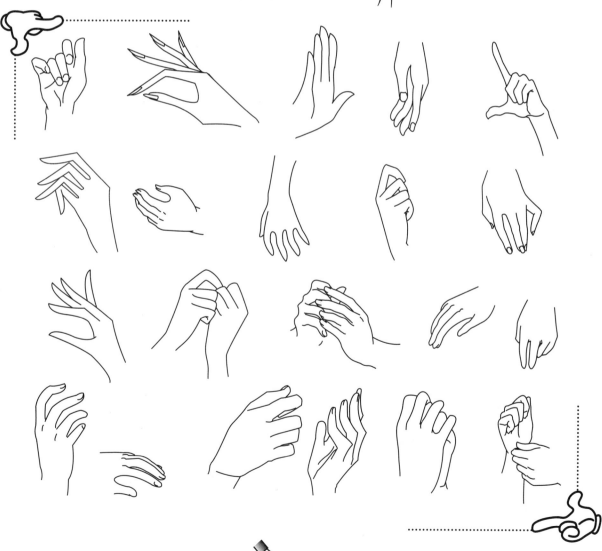

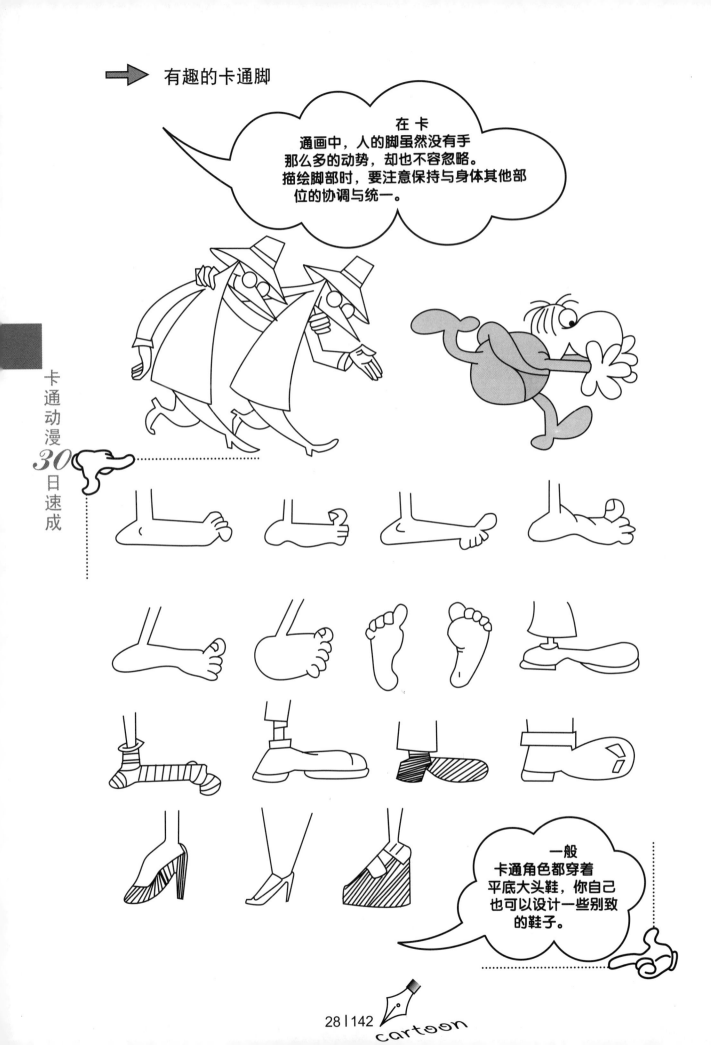

有趣的卡通脚

在卡通画中，人的脚虽然没有手那么多的动势，却也不容忽略。描绘脚部时，要注意保持与身体其他部位的协调与统一。

一般卡通角色都穿着平底大头鞋，你自己也可以设计一些别致的鞋子。

真实的脚

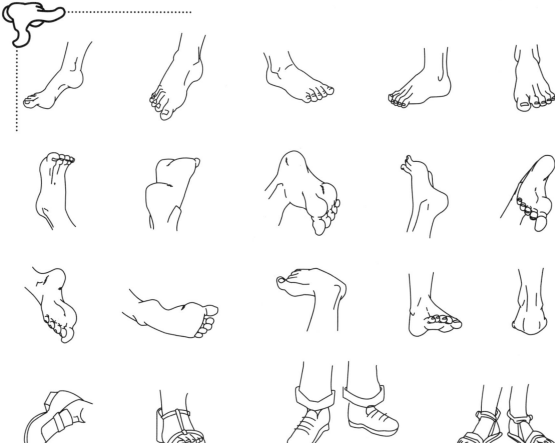

第六天
卡通人物的
手和脚实战

真实感……

根据图片将手和脚勾
画出来。

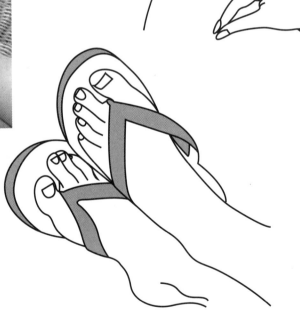

通
过真实的
照片绘制主要的线
条，这样卡通的手、脚就
跃然纸上了。这与儿时的
描红是一样的！

第七天
卡通人物与动物的表情：欢笑与吃惊

生活常常会带来惊奇，如果能让我们开怀大笑，就尽情地张开嘴......

笑的样子千差万别，但归纳起来主要有微笑和大笑两种。卡通人物在微笑时，一般嘴巴不张开，可以用一根嘴角向上翘起的线条来表现。大笑多画成嘴角向上翘起的张开的大嘴，可以根据要求加上牙齿、舌头，眼睛常被画成紧闭状。

➡ 卡通人物的欢笑表情

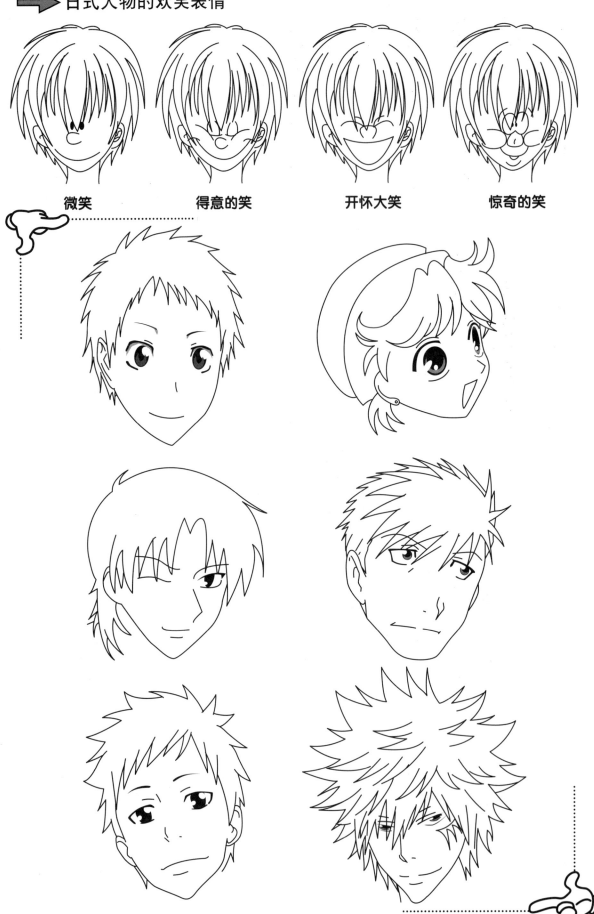

➡ 日式人物的欢笑表情

微笑　　　　　得意的笑　　　　　开怀大笑　　　　　惊奇的笑

卡通动漫 30 日速成

欢笑就要将上下嘴唇打开，尽情地展露出牙齿。若是含羞的笑，就要将嘴角向上翘起来！

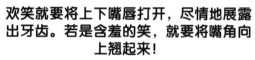

惊讶时，眼睛会瞪得圆圆
的，呈竖长圆形状。黑眼珠在眼
睛的正中间，眉毛高高地飞舞在额头的上端。嘴巴
张大时，脸的下部被拉长。还可以根据需要画出
舌头。

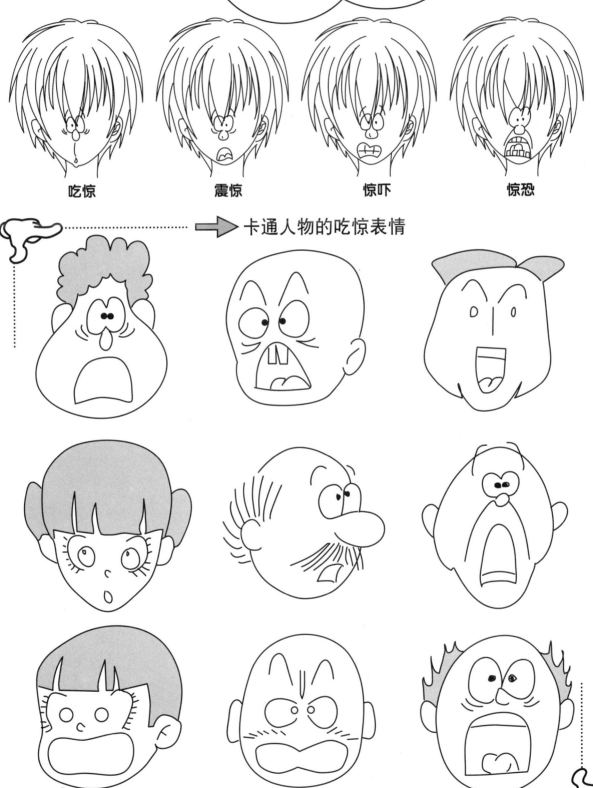

吃惊　　　　　震惊　　　　　惊吓　　　　　惊恐

卡通人物的吃惊表情

虽然欢笑和吃惊有雷同之处，
都需要张大嘴巴，但吃惊的表情，
更多的时候是和圆睁的眼睛相配
合。圆睁有些呆滞的眼睛将吃惊表
现得淋漓尽致！

卡通动漫 *30* 日速成

cartoon

第七天
卡通人物的表情：
欢笑的实战

真实感·······

根据图片将女孩子表情勾画出来，并且转换为卡通形象。

也许你会说：这不太像嘛？但我们足可以被所绘制出来的卡通美女所吸引，其实我们所要达到的目标不是像，而是一种表达，能够将所要的感觉表现出来。

第八天
卡通人物与动物的表情：愤怒与悲哀

无论画得好与坏都不是成为我们愤怒与悲哀的理由……

愤怒时五官的位置一般会发生很大的变化，两条眉毛拧在一起，或者竖起来，眼睛瞪圆，嘴角的线条向下，或者牙齿紧咬，或者侧目。

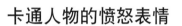 卡通人物的愤怒表情

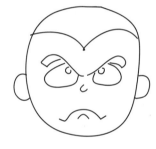

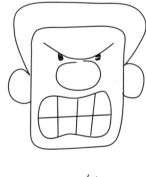

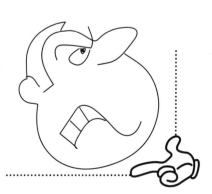

cartoon

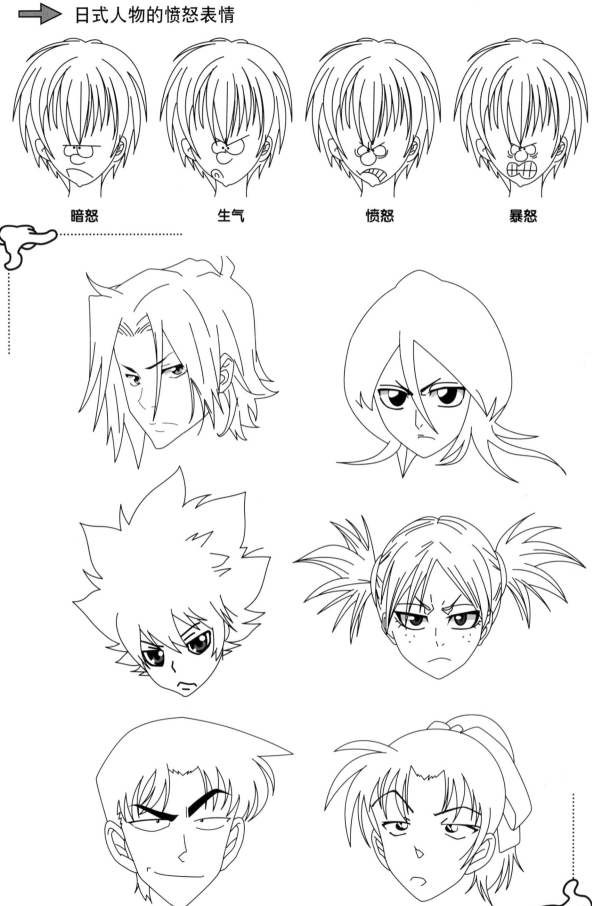

暗怒　　　　　生气　　　　　愤怒　　　　　暴怒

卡通动漫30日速成

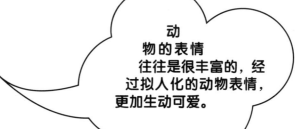

动物的愤怒表情

动物的表情往往是很丰富的，经过拟人化的动物表情，更加生动可爱。

cartoon 39 | 142

悲哀的样子有几种，但悲哀到极限时，会大哭起来。画悲哀的表情时，眼睛与眉毛往往画成八字形，从眼外角到嘴外角都呈现下挂状，嘴可根据需要处理成张开的或关闭状。

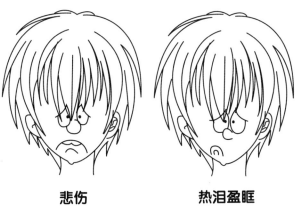

日式人物的悲哀表情

悲伤　　　　　　热泪盈眶　　　　　　哭泣　　　　　嚎淘大哭

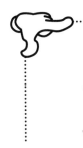

卡通动漫30日速成

第八天
卡通人物的表情：
愤怒的实战

真实感.......

根据图片将女孩子表情勾画出来，并且转换为卡通形象。

女孩子生起气来的样子，依然可爱！

第九天
卡通人物的比例
及动态线

好的身材和比例是需要锻炼出来的噢，实在不行就做个乐观的人，总会有人欣赏你，在卡通的世界里更需要夸张特别的体型……

卡通
人物的体形与正常人相比不太一样，它们往往更多了些夸张与变形，因而也更加有趣。画卡通人物，首先要了解人体的比例与结构，但不能完全按照真实人体的比例结构去画。瞧下面的人体比例从1∶1到1∶9，效果都挺好。

➡ 人体比例

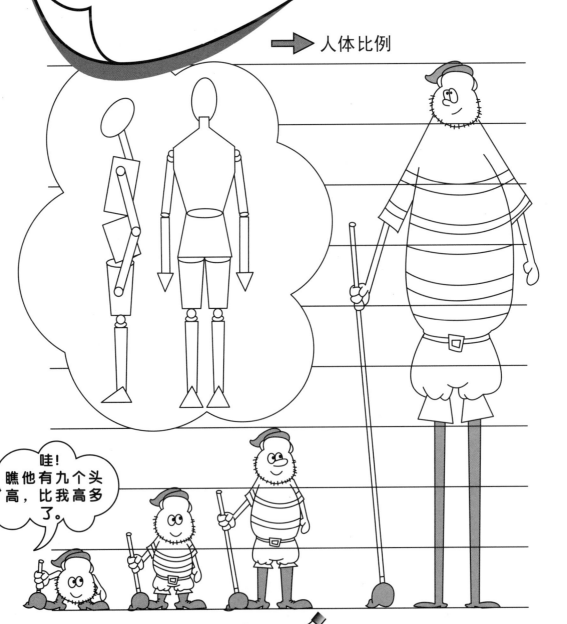

哇！瞧他有九个头高，比我高多了。

cartoon

正面的基本结构图

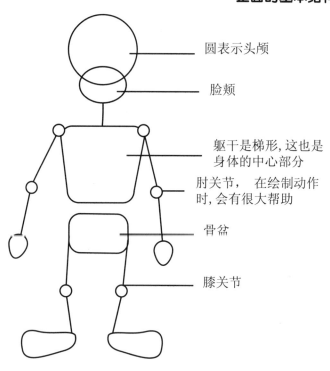

圆表示头颅

脸颊

躯干是梯形,这也是身体的中心部分

肘关节, 在绘制动作时,会有很大帮助

骨盆

膝关节

侧面的基本结构图

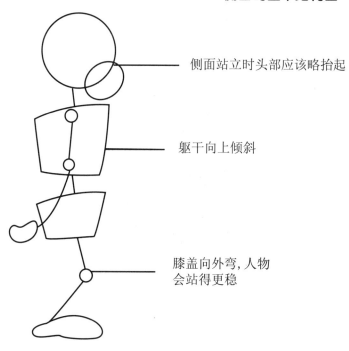

侧面站立时头部应该略抬起

躯干向上倾斜

膝盖向外弯,人物会站得更稳

卡通动漫 **30** 日速成

卡
通
动
漫
30
日
速
成

孩子
们还是有一点婴儿肥
的感觉，所以干脆把他们的
手臂和腿部想像成圆滚滚的香
肠。身体应当是圆润的啦，不要
画出锐利的棱角。将身体想像成多个
圆柱体和球体的结合体，注意即使有部
分身体被挡住，但还是要遵守正确的
身体结构来绘制。

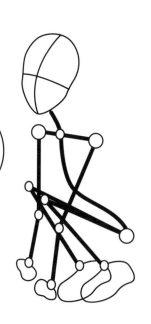

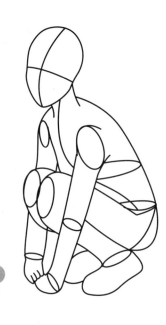

将
少年的身体画成
圆柱体，不要画上任何明显
的肌肉。同时他的肢体语言也
是夸张。由于是向前跳跃，
从视觉上来看，前面的脚会比
后面的脚看起来更显大些。

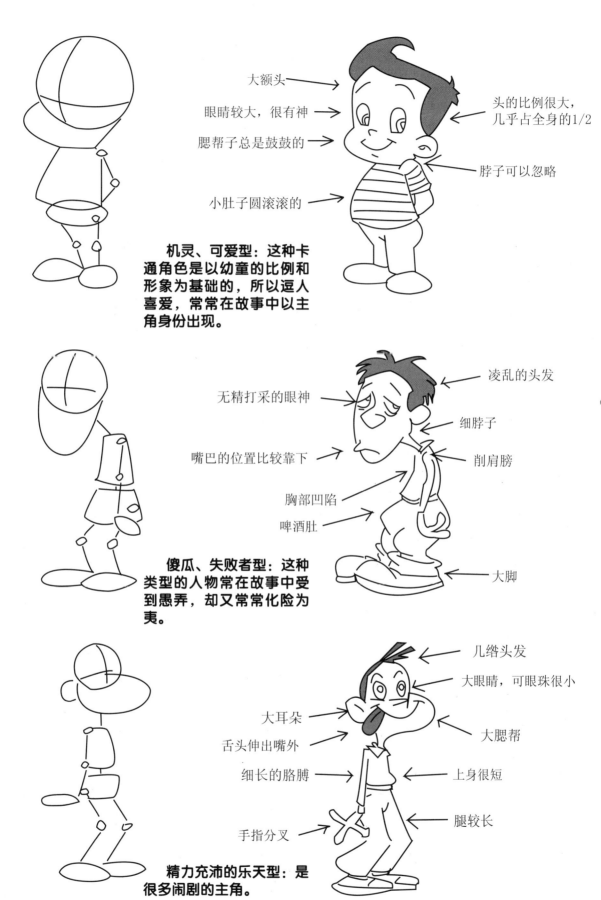

大额头 →

眼睛较大，很有神 →

腮帮子总是鼓鼓的 →

头的比例很大，几乎占全身的1/2 ←

脖子可以忽略 ←

小肚子圆滚滚的 →

机灵、可爱型：这种卡通角色是以幼童的比例和形象为基础的，所以逗人喜爱，常常在故事中以主角身份出现。

无精打采的眼神 →

嘴巴的位置比较靠下 →

胸部凹陷 →

啤酒肚 →

凌乱的头发 ←

细脖子 ←

削肩膀 ←

大脚 ←

傻瓜、失败者型：这种类型的人物常在故事中受到愚弄，却又常常化险为夷。

几缕头发 ←

大眼睛，可眼珠很小 ←

大耳朵 →

舌头伸出嘴外 →

细长的胳膊 →

手指分叉 →

大腮帮 ←

上身很短 ←

腿较长 ←

精力充沛的乐天型：是很多闹剧的主角。

動態線

动 态
线可以很形象地表现
出人物的动作线条，掌握动态线对人物
动作画法的掌握有很大帮
助。

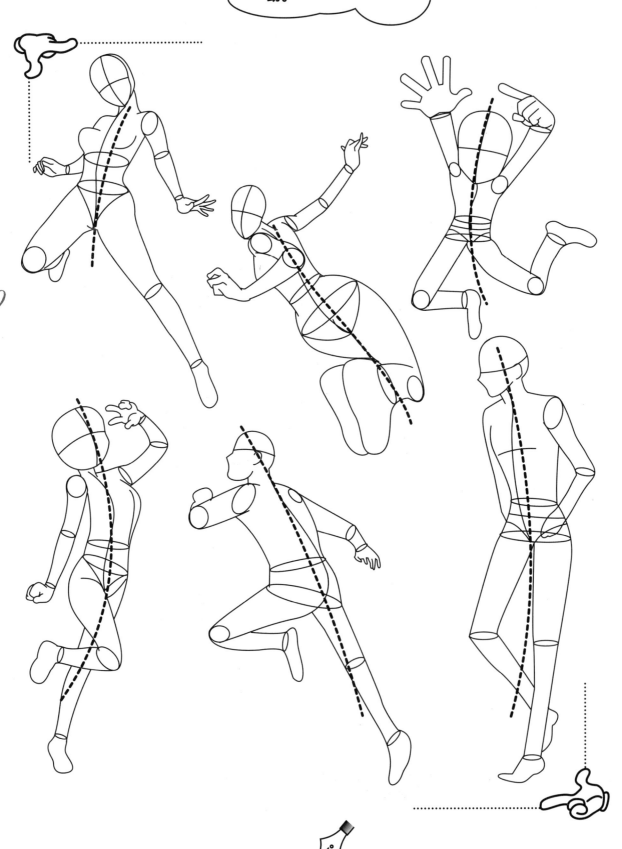

卡通动漫 *30* 日速成

cartoon

第九天
卡通人物的
比例及动态线实战

轮廓的呈现.......

根据图片将人物的轮廓勾画出来，并标明动态线。

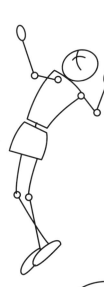

用圆形、方形、线形很容易就将事物的主体勾画出来！动态线依据勾勒出的整体方向，直接一笔就能捕捉到！不难吧！

第十天
卡通人物的动作：
站立、走路、跑步

端正的站立、优美的走路、快速的奔跑，这一切都是生活中时刻都会见到的情景……

站立是卡通人物最常见的动态之一。通常有两种基本的姿势，即"立正"姿势和"稍息"姿势。"立正"的特点是人体的重心在两腿中间，"稍息"的特点是人体的重心在一条腿上。从侧面看重心在两腿的动态时，人体的动态线向前挺时会产生有精神、自信或傲慢的感觉，动态线向后弓时会产生没精神、不自信、胆怯的感觉。重心在一条腿上的动作给人一种放松的感觉。

站立的动作

cartoon

走路的姿势

时，人的手臂前后摆动，与腿的前后交错方向正好相反。当人的步幅迈到最大时，双手摆动的幅度也就最大，因为人的双腿呈现人字形叉开状，所以身体的高度就下降。当人的双腿迈动到几乎在一条垂直线上时，双手的摆动幅度就小，身体就处在最高的状态。走路

➡ 跑步的姿势

与走路不同的是，跑步时，人的双脚有一个同时离地的过程。跑步有慢跑、快跑、狂跑等不同状态。跑步的速度越快，人的身体就越向前倾。在卡通画或卡通片中，人物在狂奔时的动作常常被画成双手向前伸，双腿如车轮般转动，直至只剩下表示运动轨迹的流线效果。

卡通动漫 *30* 日速成

cartoon

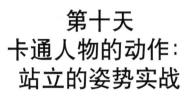

第十天
卡通人物的动作：
站立的姿势实战

可爱女孩……

根据图片将人物的站立姿势勾画出来。

根据原图勾勒出女孩子的整体轮廓，然后添加细节，这样就出现了卡通的形象。在创作的过程中，可在此基础上进行夸张和变形，以使人物更有与众不同的特质！

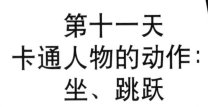

第十一天
卡通人物的动作：
坐、跳跃

端正的站立、优美的走路、快速的奔跑，这一切都是生活中时刻都会见到的情景……

坐也是人物最常见的动作之一。不同的坐姿给人不同的感觉。胸脯挺起、双脚并拢、双手扶膝的坐姿显得放松、悠闲；身体前弓、双肘拄膝、低垂着头的坐姿给人一种垂头丧气的感觉。画坐的动作，动态线设计显得十分重要。

坐的姿势

cartoon

跳跃的姿势

跳跃也是人物最常见
的动作之一。跳跃的过程
包括下蹲的动作、跳起的瞬间动作和
下落的动作。一般画跳跃的动作时，多
选用起跳至下落间的动作。画跳跃动作
时，动态线 的设计非常重要。

第十一天
卡通人物的动作：
坐的姿势实战

坐……

根据图片将人物的坐姿勾画出来。

坚持至今天，相信你已经能够游刃有余地勾画事物的轮廓了。可爱的儿童不到五分钟一定能迅速地完成。坚持下去，纵然有不完美，关键是你在坚持，美好的一天就不会遥远……

第十二天
卡通人物的衣服

漂亮的衣服似乎比一个漂亮的脸蛋更容易吸引眼球，大多数时候我们在看背影时更是如此......

女孩的服饰分很多种，穿什么样的衣服、裙子？怎么搭配更好看呢？在塑造人物性格的时候，衣服往往也是很重要的一部分。尤其是女孩，装饰也相对比较多。

→ 日式少女的服饰

卡通动漫30日速成

长 裙
套装，要注意裙子下摆的线条流畅，裙褶根据摆动大小的幅度来决定疏密。

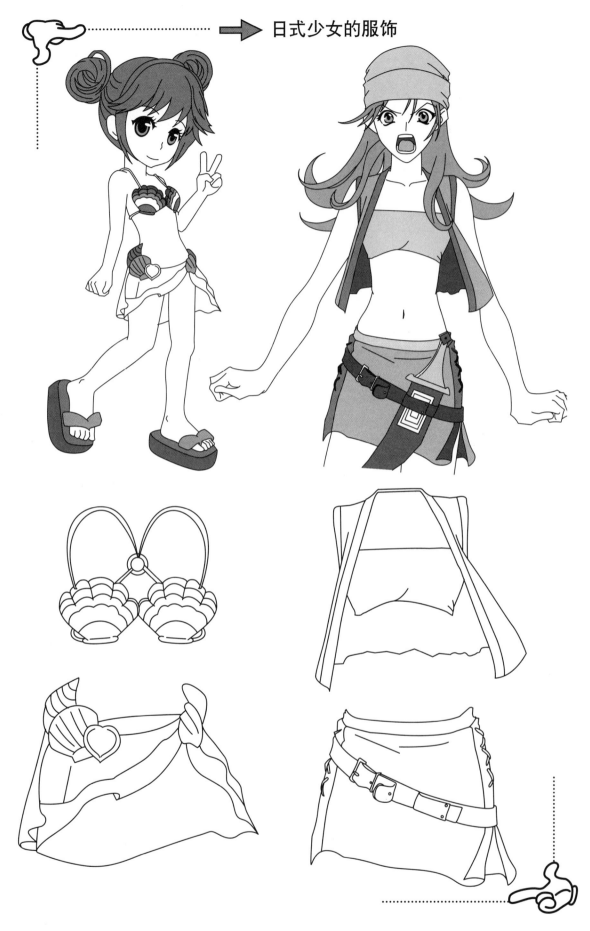

cartoon

卡通动漫 *30* 日速成

cartoon

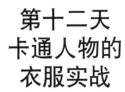

第十二天
卡通人物的
衣服实战

时尚.......

根据图片将人物的服
装勾画出来。

无论选择怎样的一张图片，
服装在绘制过程中都相对容易，
基本上不需要进行创作上的修
改，只要线条简练、能高度概括
对象的主体即可！

女士的帽子

第十三天
卡通人物的饰物

**有谁还会拒绝漂亮的饰品、
帽子、腰带、戒指……**

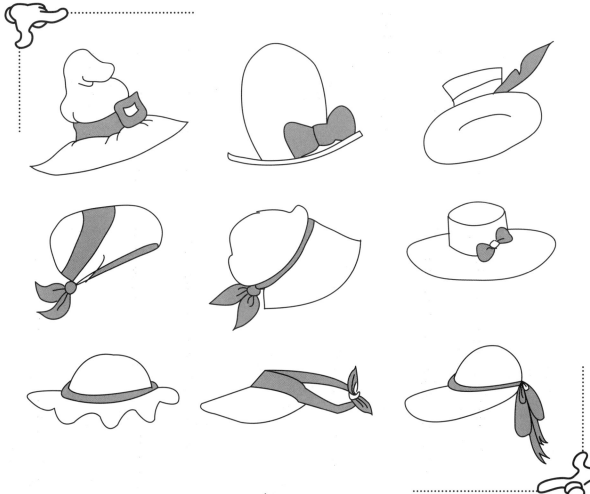

cartoon   67|142

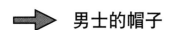 男士的帽子

帽子是服饰配件中非常重要的一个部分。从外形上看，有半圆形的、三角形的、筒形的、饼形的、有帽沿的、无帽沿的等。画帽子时要注意帽子与头部的关系，要画出戴在头上的感觉。

➡ 眼镜

戴什么样的眼镜特别能反映出一个人的个性。因此，在给卡通人物选择眼镜的时候，既要考虑卡通人物的年龄与身份，又要与整部卡通作品的风格相一致。

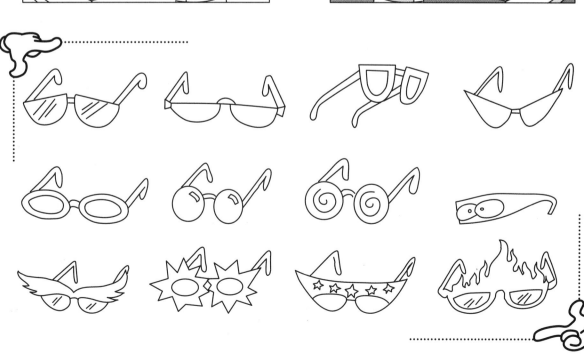

卡通动漫30日速成

手腕饰物不仅是古代人物的装饰，更为现代人所钟爱。尤其是在画科幻卡通人物时，造型别致的手腕饰物，常能给人带来一种超越时空的感觉。

 腰带

合适的腰饰，既能使卡通女孩显得妩媚动人，又能给卡通男孩增加帅气。因此，在选择腰饰时，你可要仔细斟酌。

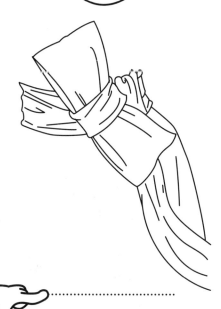

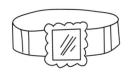
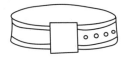
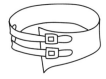

第十三天
卡通人物的
饰物实战

流行……

根据图片帽子勾画出来。

原图

色块表现

线条表现

用线条勾出轮廓，用色块找出图案，当然还可以用线条直接刻画帽子中的花纹图案。

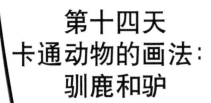

第十四天
卡通动物的画法：
驯鹿和驴

充满人性的动物世界……

卡通动物在动画片和卡通书中，是一个不可少的重要内容。在这一部分中，我们对常见的卡通动物形象进行头部分析，因为这些动物的外形看上去千差万别，但它们的身体与头部的结构却是相似的。

 驯鹿的画法

…轮廓　　　　下巴　　　　五官　　　　细节部分

cartoon

卡通动漫
30
日速成

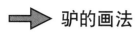 驴的画法

 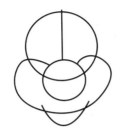  

画一个圆　　　　再画一个椭圆　　　　头部结构　　　　生动的细节

cartoon

第十四天
卡通动物的画法：
马的实战

可爱……

根据图片绘制卡通马。

在表现动物的毛时，一定要参照头发的画法，多些凹凸，根据起伏面再添加一些线，就能刻画出毛发的形象。将动物的眼睛拟人化是最传神的表达！

第十五天
卡通动物的画法：狼、虎和狮

充满人性化的动物世界……

➡ 狼的画法

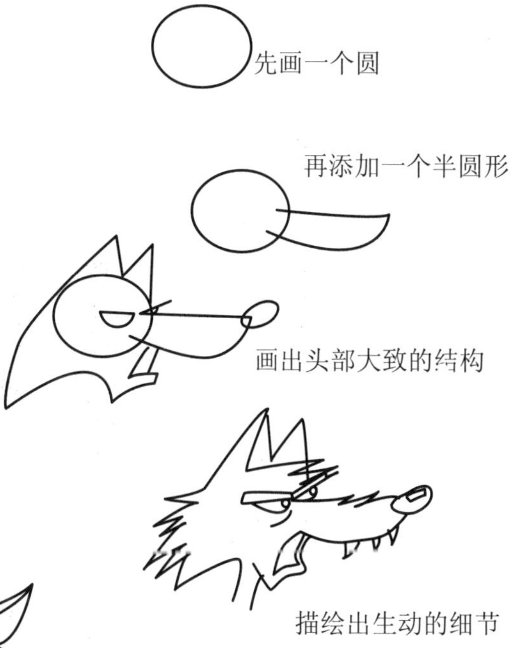

先画一个圆

再添加一个半圆形

画出头部大致的结构

描绘出生动的细节

狮子的画法

先画一个
花瓶形

再画出五
官的位置

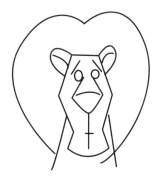
画出头部
的大结构

描绘出生
动的细节

cartoon 79|142

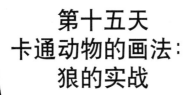

第十五天
卡通动物的画法：
狼的实战

可爱·······

根据图片绘制卡通狼。

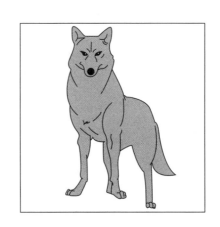

在参照实物进行绘制时，可根据具体的要求进行改编。如改变体态，改变视线等。

卡通动漫 **30** 日速成

第十六天
卡通动物的画法：兔子、猫和鼠

充满人性化的动物世界……

兔子的画法

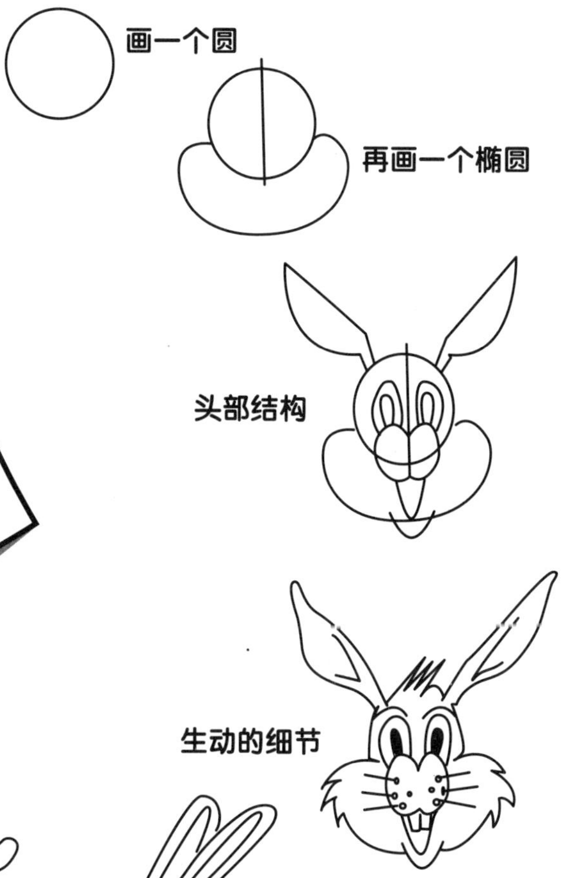

画一个圆

再画一个椭圆

头部结构

生动的细节

cartoon

猫的表情神态

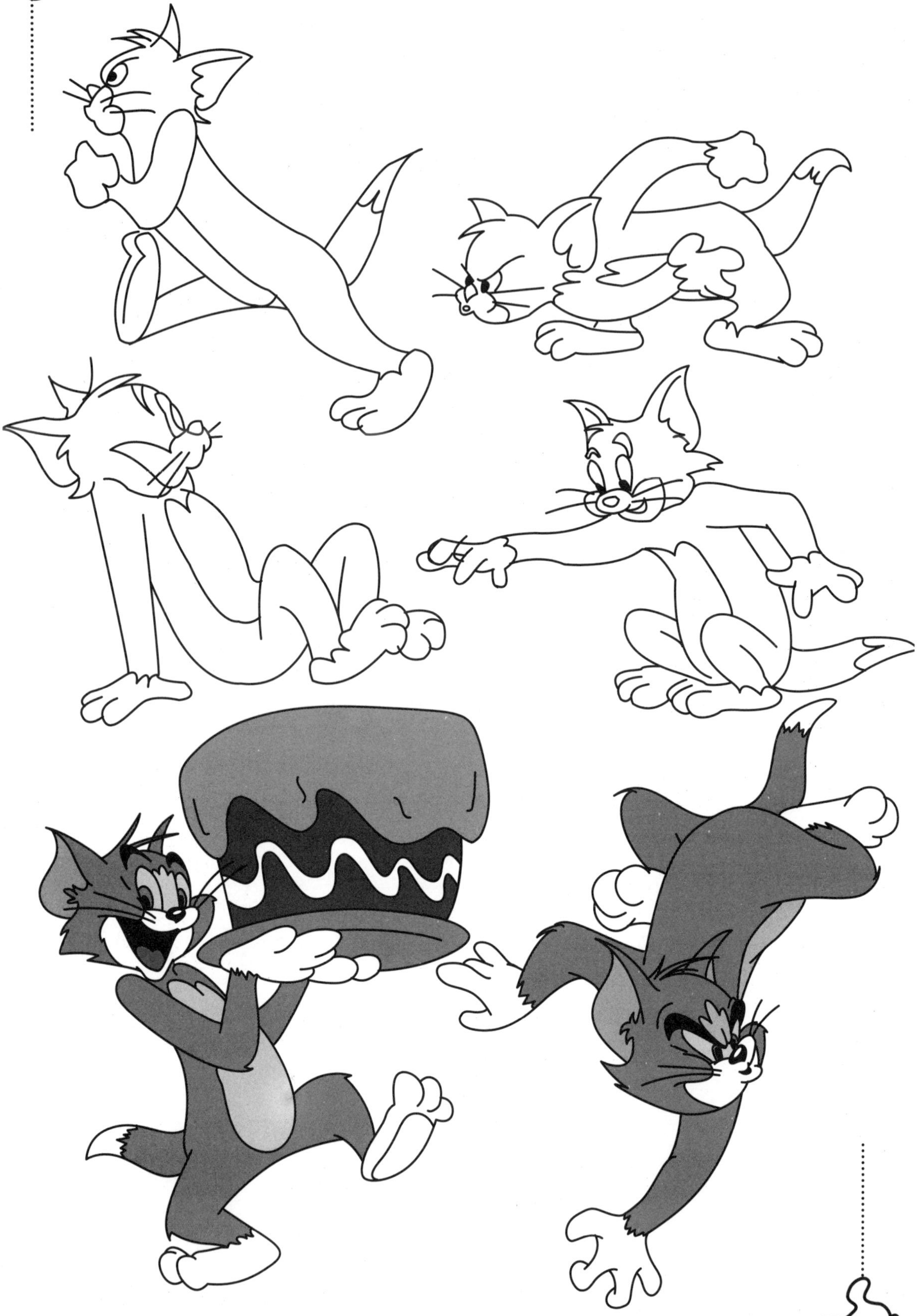

老鼠的画法

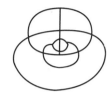
大耳
朵和细尾巴是老鼠的主要特点，个头小，动作机灵。

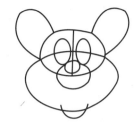 

大概轮廓 　　　　下巴 　　　　五官 　　　　头部的细节

cartoon 　83|142

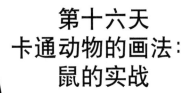

第十六天
卡通动物的画法：
鼠的实战

可爱……

根据图片绘制卡通鼠。

卡通世界中的老鼠经过演变，越来越人性化了，而当前的这只卡通鼠贴近真实，夸张、变形、人性化的部分还没有添加！

第十七天
卡通动物的画法：
鸭、鸟和鹅

**充满人性化的
动物世界……**

鸭头的轮廓

嘴巴

五官

细节部分

鸭子
的扁嘴巴很有特点，卡通鸭子
中，为了更形象生动，往往把嘴巴画
得夸张地大。在拟人化处理时，可以
把 小翅膀画成手。

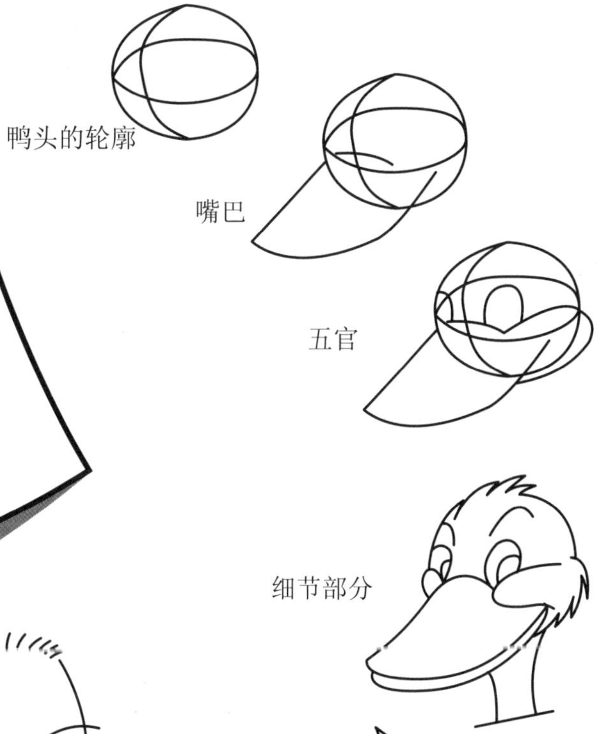

下面是一组有趣的唐老鸭卡通图

cartoon

卡通动漫 *30* 日速成

鸟的画法

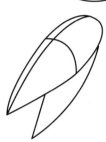

鸟儿的嘴和翅膀是很有特点的，在这里，我们用啄木鸟做例子，来学习鸟儿是如何画的。

细长的鸟头和鸟嘴　　　　张着的嘴　　　　　　五官　　　　　　细节部分

看看经常充当反面角色的秃鹫，又是怎么画的呢？

cartoon

下面是神态不一的一群秃鹫

鹅也是经常出现在卡通画中的禽类动物，翅膀要比飞禽类的大许多。飞行时不像鸟的动作那么飘逸优美而显得有些急促、琐碎。

第十七天
卡通动物的画法：
小鸟的实战

可爱·······

根据图片绘制卡通小鸟。

小鸟在树上停歇的样子，可以运用锯齿状或弧形的线条凸显出小鸟羽毛的丰满。

第十八天
卡通动物的画法：
狗、鱼和象

**充满人性化的
动物世界......**

→ 狗的表情神态

卡通动漫30日速成

小鱼身体的外形是一个不规则的圆形，大大的脑袋，明亮的眼睛，身体的线条柔和圆润。拟人化处理时，背鳍和尾鳍可以变成手和脚。

鱼的表情神态

卡通动漫 *30* 日速成

花斑鱼身体的外形是一个不规则的三角形，大大的嘴巴，满口利牙，小而明亮的眼睛，身体的线条硬挺有力。拟人化处理时，背鳍和尾鳍变成手和脚。

cartoon

93 | 142

卡通动漫 *30* 日速成

cartoon

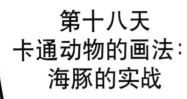

第十八天
卡通动物的画法：
海豚的实战

优美.......

根据图片绘制卡通海豚。

卡通动漫 *30* 日速成

简单的线条就能刻画
出动物的形态，稍加周围
场景的影响更显生动！此图
中的水花就将画面表达得更
加生动！

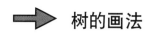 树的画法

第十九天
卡通植物的画法

树影婆娑、绚烂花朵.......

树的种类不同，树叶、树干的生长形态各异，树纹也各有自己的特征，山石因各种地貌的不一样，形成山的形状及石纹肌理也不同。画的时候要从总的感觉入手，找出规律性的纹理变化加以描写。

树的画法

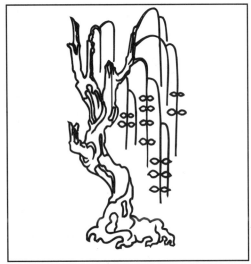

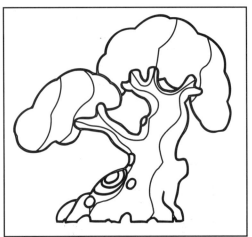

卡通动漫 *30* 日速成

花的画法

卡通动漫30日速成

第十九天
卡通植物：
树的实战

千方百计地想树冠的形状，不如到大自然去拍照……

根据图片绘制卡通树。

树冠变化万千，你无法在自然界找出两颗完全一样的树。参照前面的表现形式，我们就可以很快地画出卡通感觉的树来。通过不断地绘制，你会慢慢形成自己的风格，脱离当前画法的约束！

第二十天
卡通天空、大地的画法

蓝天上白云朵朵、伸向远方的大地……

➡ 天空和大地

一条弧形将天地分隔，上面的白云通过不断相连的曲线闭合而成。丝丝缕缕的线段构成大地的沟壑。

1. 裂开的大地
2. 漫漫山坡
3. 天空白云

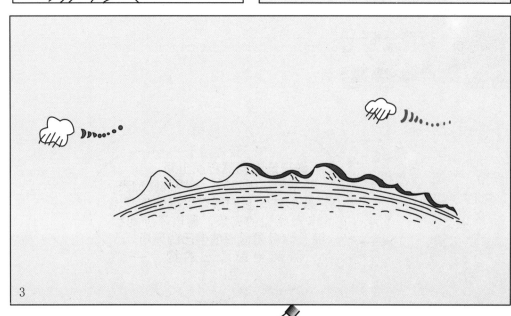

卡通动漫30日速成

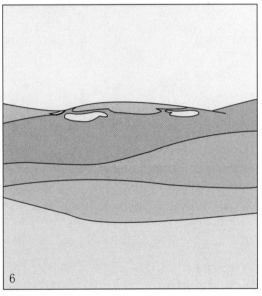

4. 小山丘
5. 白云飘飘
6. 草原
7. 蜿蜒的公路

第二十天
卡通天空、
大地的实战

辽阔壮美·······

根据图片绘制卡通天和地。

www.sucaiw.com

无论何时，你都可以利用今天所学的云来处理所有的云朵效果。当你可以驾驭这些时，一定就能超越这种形式而出现新的表达方法。

第二十一天
卡通房屋的画法

古老的城堡、现代的
建筑.......

卡通动漫 *30* 日速成

cartoon

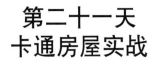

第二十一天
卡通房屋实战

古朴宁静.......

根据图片绘制卡通房屋。

所有的想像均来自生活，来自我们的所见所闻所听，当想像枯竭时，就去大自然里，去图书馆，走进朋友圈子......人类的世界里，会有许多感动。

第二十二天
卡通山与岛屿的画法

沟壑万千、神秘幽静……

卡通漫画中山的画法有很多，比如秃头山，或者悬崖峭壁，简单的线条和不同层次的颜色对比，可近可远。

➡ 山的画法

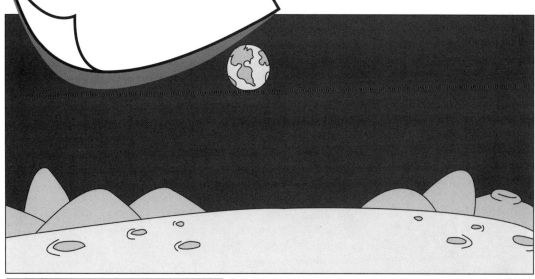

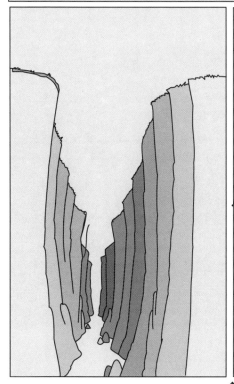

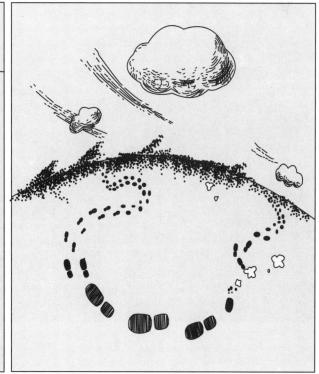

第二十二天
卡通山脉的实战

天高云淡……

根据图片绘制卡通山脉。

去拥抱大自然，那里总会给我们灵感。卡通图真的很简单，只要你喜欢，拿起笔，从勾勒事物的线条开始，马上就会有效果。

cartoon

第二十三天
自然现象：
雨、雪的画法

瓢泼大雨、漫天雪花……

➡ 雨的画法

细雨

小雨

暴雨

cartoon 113|142

雪的画法

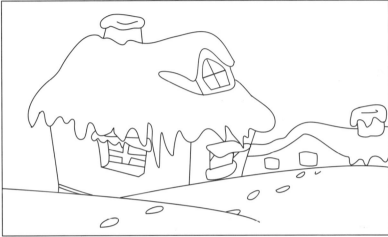

卡通画中的雪景能营造出一种特有的气氛。常见的雪景有雪后景、大雪和暴风雪。

雪后景：雪后景安静祥和，天空中没有一丝云彩，雪的浑厚简洁、浑圆的线条与被覆盖下的房屋形成对比。

大雪：雪花均匀但不生硬，机械地布满天空。为了画出空间感，可以把雪花画成大小有别的样式。

暴风雪：雪花不太均匀地布满天空。在雪花间画出一些表示速度与风的线条，能增加画面的动感。

cartoon

卡通动漫 *30* 日速成

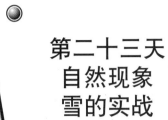

第二十三天
自然现象
雪的实战

飘遥⋯⋯

根据图片绘制下雪的
场景。

散
落的雪花，
需 要 我 们 在绘制时，
具有耐心，如果你喜欢飘雪的日
子，每一片雪花都有回忆⋯⋯不知不
觉中雪花就铺满了画面。

第二十四天
自然现象：
雷电与烟的画法

电闪雷鸣、浓烟滚滚……

闪电是打雷时发出的一种强光。通常多以两种形式进行绘制。第一种，在画面上可以直接画出树枝形或图案形的闪光带。第二种，靠不同明度的画面反复切换产生闪电的感觉

卡通动漫**30**日速成

烟的画法

烟是物体燃烧时的一种有色气体，除了常见的烟囱、卷烟、汽车尾气外，还经常被用来表现速度效果的辅助手段。

下面一组是汽车驶过时产生的烟尘的画面：

卡通动漫 *30* 日速成

卡通动漫
30
日速成

cartoon

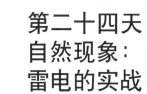

第二十四天
自然现象:
雷电的实战

惊天动地.......

根据图片绘制雷电的
场景。

大
自然是神奇
的,在给我们惊恐时,
也不忘适时的景观,很壮美。因
此随身携带相机捕捉住每一个瞬
间的触目惊心,在创作的过程中
发挥着举足轻重的作用。

第二十五天
自然现象：
水的画法

流水潺潺、惊涛骇浪……

水是卡通画中经常出现的一种自然现象。它的形态随着环境的变化而千变万化，多姿多彩。常用的水的形态有水流、水花、水浪、水圈等。

水流：包括瀑布、小溪等。方向性强，在长长的水流上分组画出一层层的水纹，所有纹路的流向都与整条水流保持一个方向。

水花：水花是由物体从上方掉入水面时而产生的。在画水花时，要注意每个水花都是从中心口外飞出的，飞出的轨迹呈抛物线状。

水浪：画水浪时要注意浪头的体积感，要画出水浪的厚度，在外形准确的前提下，加上相应的辅助线会更加生动。

水圈：水圈是由中心一圈圈地向外扩展而成的，呈多层效果。画水圈时要注意同心圆的特点

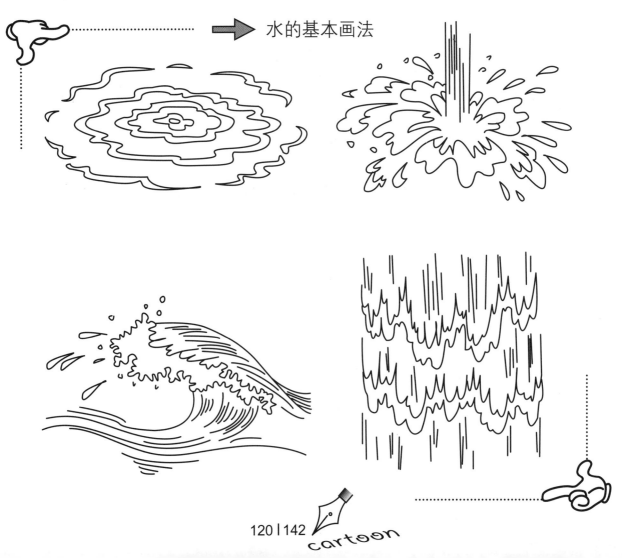

水的基本画法

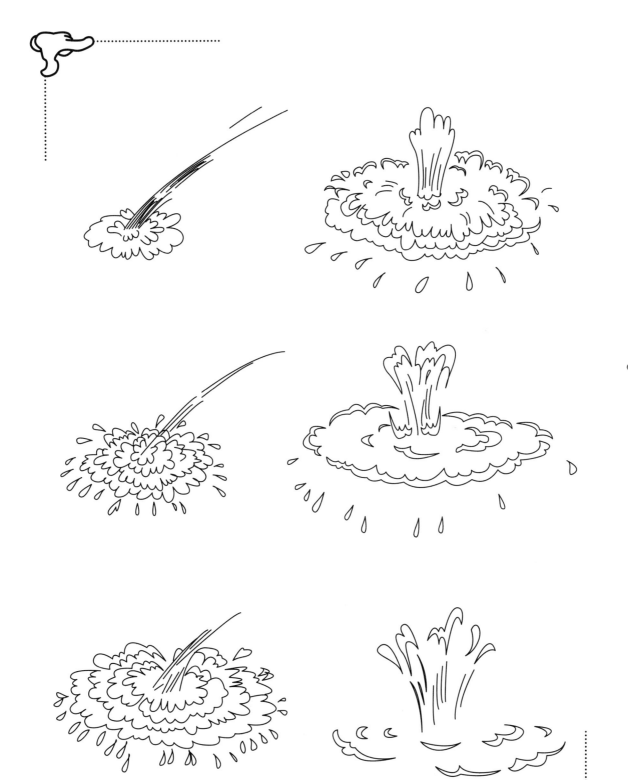

第二十五天
自然现象：
水的实战

奔流不息.......

根据图片绘制水的效果。

流淌的水一路向前，因此不能缺少沿水流方向行走的线条，为了表现水的细节，要加上浪花和碰溅起来的水滴，将前面的浪花和水滴的效果加入进来，这样就能绘制出很好的效果。

卡通动漫 30 日速成

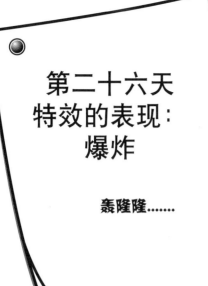

第二十六天
特效的表现：
爆炸

轰隆隆······

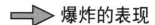 爆炸的表现

爆炸在卡通画中的应用十分广泛，除了直接表现爆炸的效果之外，还常常被用在表现一些强烈气氛的渲染上，从而形成视觉中心。爆炸的表现通常与浓烟分不开。

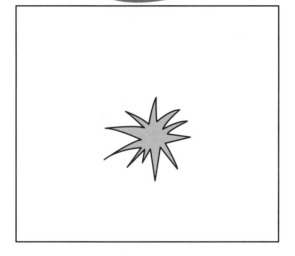

下图是一组完整的爆炸过程图。

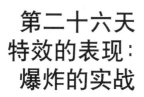

第二十六天
特效的表现：
爆炸的实战

惊天动地……

根据图片绘制爆炸效果。

爆
炸看起来
似乎很复杂，实质上
只要分出层次，逐层表现即
可。为了达到"炸"的感觉，
需要将边缘处理得锋芒些，形成
一些尖锐的角。

第二十七天
特效的表现：焦点与声音

轰隆隆……

在卡通画中，有时为了强调一个内容，往往采用焦点的表达方法，通过放射线、向心线和一些独特的造型把观者的视线引向视觉中心，这样处理的独特画面会产生很强的视觉冲击力。

➡ **焦点的表现**

有魔力的锤子

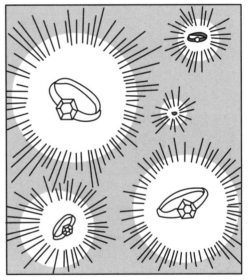

闪闪发光的钻戒

充满震撼力的笑容

强光

卡通动漫30日速成

焦点的表现

就是这里！

这是一本珍贵的书

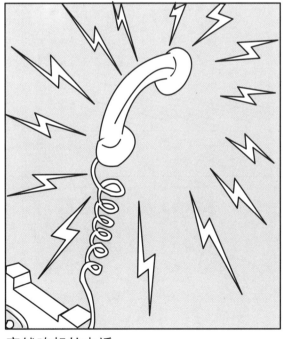

突然响起的电话

红灯亮了

卡通画表达声音的方法很独特，可以把想说的话、想到的事情、想听的声音直接用文字写出来，再配上合适的画面，就会特别生动。

受到刺激是发出的声音

救护车发出的鸣笛声音

拍虫子时发出的声音

场外的加油声

睡觉时发出的鼾声

吃东西时发出的声音

cartoon

飞机失控乱冲的声音

有人掉进泥潭的声音

书被扔到桌子上的声音

滑冰摔倒的声音

因为愤怒捶桌子的声音

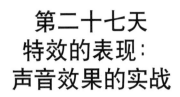

第二十七天
特效的表现：
声音效果的实战

惊天动地........

根据图片绘制声音效果。

将要表现的对象放置于中心，通过周围的图形：三角形、线条、多边形等来表现事物的聚焦或者声音。这些效果往往可以交叉引用，适当的时候配合文字，效果会更加明显突出。

第二十八天
特效的表现：
变形与夸张

超级有趣搞笑……

变形的表现

由于现代卡通画更多地受到卡通片的影响，故事中的角色会在一些特殊情节与环境中被进行变形处理。这些变形使故事更加生动有趣。

听到笛子声的铁塔

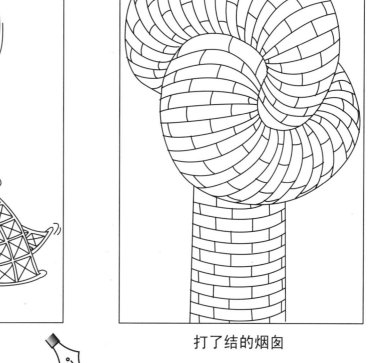

打了结的烟囱

被转晕的长颈鹿

被石头砸矮了的长颈鹿

吓破胆的狮子

夸张的表现

> 夸张是运用丰富的想像力，在客观现实的基础上有目的地放大或缩小事物的形象特征，来增强表达效果的手法，夸张不是浮夸，而是故意的合理的夸大，所以不能失去生活的基础和生活的根据。比如说，把脚下的地球当球玩，大洋海水也能喝干等，都可以通过卡通漫画的夸张表现出来。

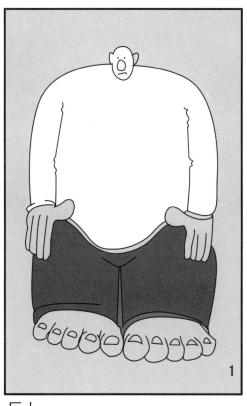

1

巨人

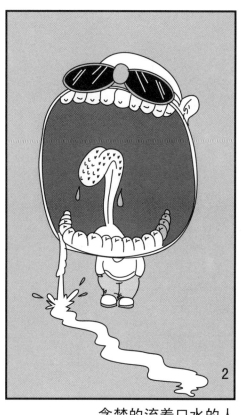

2

贪婪的流着口水的人

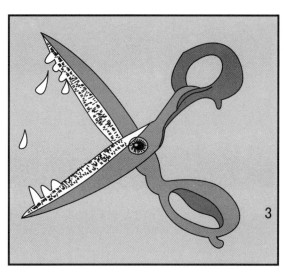

3

恶毒——锋利的刀
口上还长出牙

扬帆起航的长颈鹿

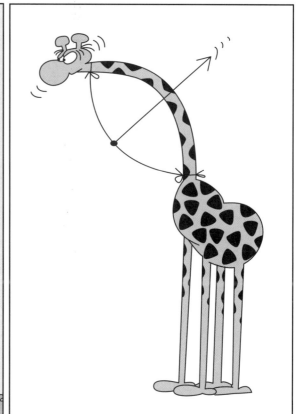

用脖子当弓射箭的长颈鹿

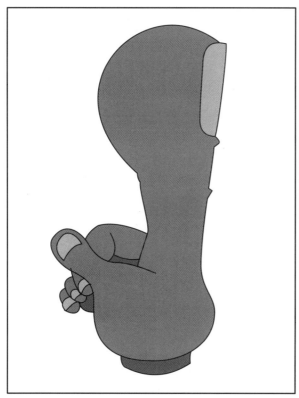

指引方向的手指

第二十八天
特效的表现:
夸张的实战

实在太酷了.......

根据图片绘制夸张的
效果。

将事
物的一点点特
质进行夸张,会得到非常
醒目的视觉效果!

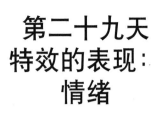

第二十九天
特效的表现：情绪

超级有趣搞笑……

→ 情绪的表现

> 现代卡通画与传统的连环画不同的是，画面的构图、视距的处理方法，更多地借助于影视艺术的语言，并形成了自己相对独立、有特色的处理方法，如对白、画外音、速度等的表现方法。

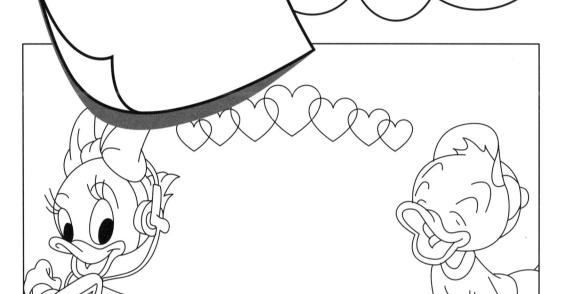

爱的思念通过移动的心形来传达

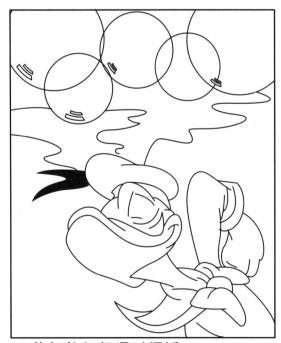

美好的幻想通过漂浮在空中的气泡来表达。

惊恐的心情通过闪电的造型来表达。

混乱与迷茫通过乱码怪符来表达

眩昏的感觉通过盘旋的弧线与星光来表达。

暗怒的情绪通过头顶的黑云团来表达。

痛苦的感觉通过爆炸式的弧线来表达。

愤怒的心态通过向外
冲出的线圈来表达。

吃惊与疑问通过大大的问
号来表达。

愤恨的情绪通过向外冲出
的直线来表达。

愤怒的心态通过快速上升
的气团来表达。

卡通动漫30日速成

第二十九天
特效的表现：
情绪的实战

质疑.......

根据图片绘制人物的
情绪。

前面
我们学习过
人物表情的绘制，为了
进一步夸张不同的感情色彩，
因此需要一些外在的辅助表现形
式，本书所总结出来的效果大家
将其背下来，在日后的绘图中一
定能帮上大忙！

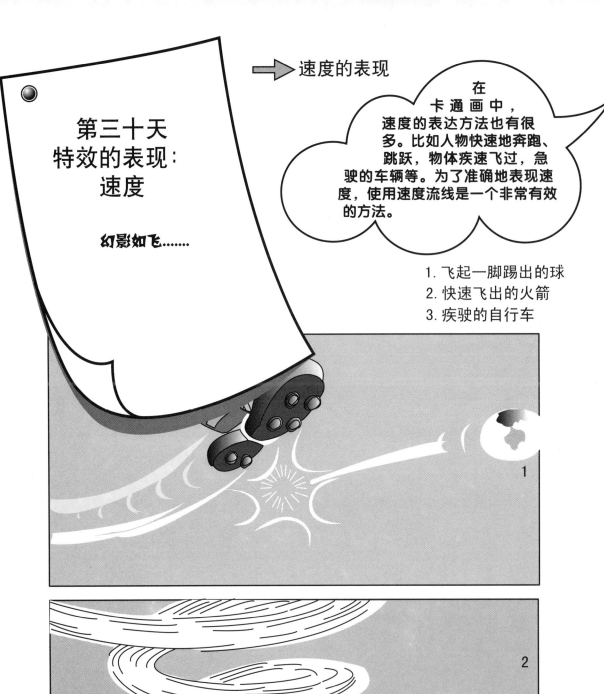

第三十天
特效的表现：
速度

幻影如飞……

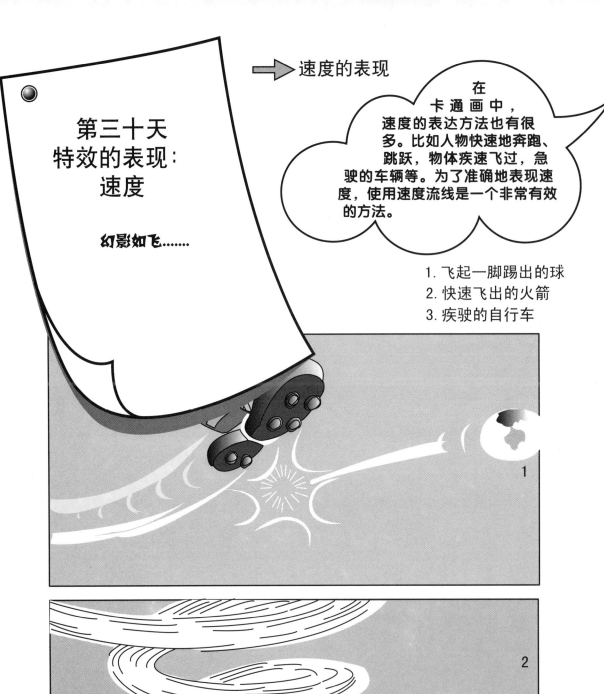

速度的表现

在卡通画中，速度的表达方法也有很多。比如人物快速地奔跑、跳跃，物体疾速飞过，急驶的车辆等。为了准确地表现速度，使用速度流线是一个非常有效的方法。

1. 飞起一脚踢出的球
2. 快速飞出的火箭
3. 疾驶的自行车

cartoon

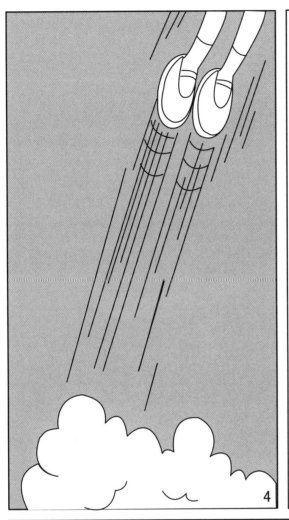

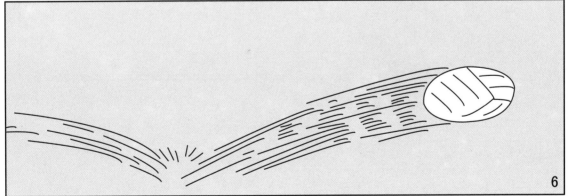

4. 快速飞跃的人物

5. 高处摔下来的鸭子

6. 弹飞的足球

第三十天
特效的表现：
速度的实战

不快怎么活啊......

根据图片表现速度的
效果。

用线条
追踪事物的运动轨
迹，可在此基础上加
些"花"进来，可参看前面
的各种效果，会有意想不到
的效果噢！